Analyse d'œuvre

Rédigé par Tatiana Stellian

Le Tartuffe

de Molière

Profil
Littéraire

MOLIÈRE

- Né en 1622 à Paris.
- Mort en 1673 dans la même ville.
- **Quelques-unes de ses œuvres :**
  - *L'École des femmes* (comédie en cinq actes et en vers, 1664)
  - *Dom Juan* (comédie en cinq actes et en prose, 1665)
  - *Le Misanthrope* (comédie en cinq actes et en vers, 1666)

Molière, Jean-Baptiste Poquelin de son vrai nom, est sans conteste l'un des auteurs français du XVIIe siècle les plus connus. C'est en 1643 que le jeune homme se tourne vers le théâtre, alors que tout le prédestinait à reprendre la charge de tapissier du roi de son père. Il se consacre alors à la rédaction de comédies, son but étant non seulement de faire rire le spectateur, mais aussi de critiquer les mœurs de son temps. Ceci ne sera pas sans conséquence car, tout au long de sa vie, il fera les frais d'une opposition acharnée de la part de certains pans de la société. Avec son *Tartuffe*, il s'attire les foudres de la compagnie du Saint-Sacrement, une société clandestine composée de dévots qui utilisent la charité pour tenter d'imposer leurs idées et attirer de nouveaux adeptes, et qui n'hésitent pas à dénoncer publiquement quiconque ne respecterait pas la morale chrétienne.

Après des débuts difficiles à Paris, durant lesquels il effectue même un séjour en prison à cause de dettes dont il n'a pas pu s'acquitter, il décide en 1645 de lancer sa carrière en province. Il y obtient l'appui de divers mécènes, dont celui de Monsieur, Philippe d'Orléans (1640-1701), le frère du roi. En 1658, le dramaturge est présenté à Louis XIV (1638-1715) qui, enthousiaste, lui octroie la salle du Petit-Bourbon. C'est l'occasion pour lui de faire son retour dans la société parisienne. Il enchaîne ensuite à une cadence effrénée les pièces qui, tout en étant couronnées de succès, font parfois l'objet d'une critique virulente au point que certaines sont interdites. Pendant une dizaine d'années, il tentera ainsi de divertir le Roi-Soleil et sa Cour durant les somptueuses réceptions organisées par ce dernier.

En 1673, celui qui a révolutionné la comédie en lui donnant ses lettres de noblesse décède après avoir fait un malaise alors qu'il jouait *Le Malade imaginaire*.

LE TARTUFFE

- **Genre** : comédie en cinq actes et en vers.
- **1ʳᵉ représentation** : en 1664, lors de la fête de l'Île enchantée.
- **Édition de référence** : *Le Tartuffe*, Paris, Larousse, 1965.
- **Personnages principaux** :
    - Tartuffe, le faux dévot
    - Orgon, l'époux d'Elmire, bourgeois parisien
    - Elmire, l'épouse d'Orgon
    - Damis, le fils d'Orgon
    - Mariane, la fille d'Orgon
    - Valère, l'amant de Mariane
    - Cléante, le frère d'Elmire
    - Dorine, la suivante de Mariane
    - Mᵐᵉ Pernelle, la mère d'Orgon
- **Thématiques principales** : l'hypocrisie religieuse des faux dévots, le mariage forcé, la naïveté.

Jouée pour la première le 12 mai 1664, la pièce qui était alors appelée *Tartuffe ou l'Hypocrite* s'attaque directement à la fausse dévotion. Jugée scandaleuse, la comédie est aussitôt interdite. Cela n'empêche toutefois pas Molière d'en proposer une nouvelle version trois ans plus tard, qui se verra une nouvelle fois condamnée.

Le sujet est pour le moins licencieux. Il y est en effet question d'un homme ô combien détestable nommé Tartuffe qui est recueilli dans la famille d'un riche bourgeois, Orgon. Sous ses airs de saint homme se cache en réalité un être avide de richesse et prêt à certains accommodements avec la religion afin d'obtenir ce qu'il souhaite. Tout au long de la pièce, les proches d'Orgon tentent de lui révéler la vérité, mais celui-ci, entièrement sous l'emprise du faux dévot, ne veut rien entendre. Il lui faudra assister à une discussion entre sa femme et Tartuffe pour qu'enfin tombe le masque.

Le scandale qui entoure la pièce est tel qu'il faudra attendre l'année 1669 pour qu'elle soit à nouveau représentée. Si les débuts ont été difficiles, elle remporte toutefois un énorme succès qui ne cessera de croître après la mort de Molière, au point d'en faire l'un de ses plus grands chefs-d'œuvre.

LA VIE DE MOLIÈRE

Portrait de Molière.

Molière naît sous le nom de Jean-Baptiste Poquelin à Paris en 1622. Son père, Jean Poquelin, marchand tapissier, est nommé tapissier et valet de chambre du roi en 1631. Sa mère, Marie Cressé, elle-même fille d'un marchand tapissier, décède alors que son fils n'a que 10 ans. Issu d'une famille bourgeoise, le jeune Poquelin suit des études de philosophie au collège des Jésuites de Clermont à Paris, où il est déjà en contact avec le théâtre. À la fin de son parcours scolaire, il obtient un diplôme de droit.

Étant l'aîné de six enfants, tout le prédestine à reprendre les activités de son père auxquelles il semble d'ailleurs être associé en 1637. Toutefois, il développe en parallèle un fort intérêt pour le théâtre, sans doute influencé en cela par ses liens avec la famille Béjart et en particulier avec Madeleine (1618-1672). Dès 1643, il abandonne définitivement l'office de tapissier pour se consacrer à sa passion et fonde sa troupe qu'il nomme l'Illustre-Théâtre, composée de dix membres. Avec eux, il donne ses premières représentations au Jeu de paume des Métayers à Paris. C'est dans ce contexte qu'il adopte le pseudonyme de Molière avec lequel il signe pour la première fois un document daté du 28 juin 1644.

Si les débuts sont encourageants, la concurrence est rude et les emprunts nécessaires à la survie de la troupe s'accumulent. De plus, la mort de Richelieu (prélat et homme d'État français, 1585-1642) et de Louis XIII (1601-1643), qui avait réhabilité le métier de comédien par une ordonnance royale, laisse le champ libre à la campagne contre le théâtre menée par la compagnie du Saint-Sacrement. En 1645, Molière est emprisonné en raison de ses dettes, mais il est libéré grâce à son père.

La compagnie du Saint-Sacrement

La compagnie du Saint-Sacrement est fondée vers 1630. Il s'agit d'une association clandestine qui se place dans la continuité du parti dévot, et qui s'oppose à Richelieu puis à Mazarin (prélat et homme d'État français, 1602-1661) lors de la Fronde (période de troubles sérieux, 1648-1653). Perçu comme dangereux pour l'État en raison de sa trop grande influence, ce parti est interdit en 1665 ; mais son emprise sur la vie politique subsiste néanmoins.

La compagnie cherche à réformer les mœurs et se place en cela dans la lignée de la doctrine imposée par l'Église suite au concile de Trente (1545-1563). Sous couvert de ses activités de charité, elle se lance dans une véritable guerre contre ceux qu'elle considère comme des libertins, notamment en s'opposant à la vente de livres libertins et au théâtre, dont elle remet en cause la moralité, mais également en dénonçant tout acte privé jugé contraire aux bonnes mœurs religieuses (adultère, blasphème, etc.).

Suite à ces événements, Molière décide de quitter Paris en octobre 1645 afin de tenter sa chance en province. Sa troupe s'unit à celle de Charles Dufresne (1611-1684) qui est sous la protection du duc d'Épernon (1554-1642). Elle s'établit dans le Bordelais d'où elle donne des représentations dans diverses provinces voisines.

En 1650, elle perd son protecteur, mais en retrouve un dès 1653 en la personne du prince de Conti (1629-1666). C'est une période faste pour Molière qui écrit de nombreuses farces, des comédies et des ballets-comédies. Il est alors fortement influencé par la commedia dell'arte. Cependant en 1657, le prince de Conti, qui est devenu membre de la compagnie du Saint-Sacrement, cesse de subventionner Molière. S'appuyant sur la réputation qu'il a acquise, le dramaturge décide de retenter sa chance à Paris en 1658.

LE RETOUR À PARIS ET LA CONSÉCRATION

En juillet de la même année, Molière loue la salle du Jeu de Paume des comédiens du Marais. L'Illustre-Théâtre est alors sous la protection de Monsieur et, en octobre, il donne une représentation de *Nicomède*, une tragédie de Corneille (1606-1684), au Vieux Louvre en présence du roi. Celui-ci, enchanté par le talent de Molière, accorde à sa troupe l'utilisation de la salle du Petit-Bourbon.

Molière doit désormais composer pour un public parisien

dont les exigences sont différentes de celles des provinciaux. Il enchaîne alors les représentations et l'écriture de nouvelles comédies : si *Les Précieuses ridicules* (1659) et *Sganarelle ou le Cocu imaginaire* (1660) remportent un vif succès, *Dom Garcie de Navarre* (1661) est en revanche un échec.

Suivent d'autres œuvres qui seront tantôt acclamées, tantôt critiquées de façon virulente. C'est le cas notamment de *L'École des femmes* qui est bien accueillie par le public en 1662, mais doit faire face à l'opposition des dévots et des précieux, qui la jugent scandaleuse. La querelle qui naît de ces conflits prend un tour plus virulent avec Donneau de Visé (écrivain français, 1638-1710) qui rédige la première attaque écrite de l'œuvre de Molière dans ses *Nouvelles nouvelles*. Le dramaturge y répond par *La Critique de l'École des femmes* (1663), pièce mettant en scène une conversation entre les divers protagonistes au sujet de *L'École des femmes*. Donneau de Visé réplique avec la parution de *La Véritable Critique de l'École des femmes*. Boursault (écrivain français, 1638-1701) en fait de même dans sa préface du *Portrait du peintre* (1663). Molière riposte par *L'Impromptu de Versailles* (1663) dans lequel il se moque des acteurs de l'Hôtel de Bourgogne, auquel répondra Donneau de Visé par *La Vengeance des marquis* qui s'en prend aux acteurs de Molière. Les attaques deviennent de plus en plus personnelles, mais Molière finit par obtenir le soutien du roi.

Suite à ces événements, Molière réalise que s'il veut s'imposer face à la concurrence, il doit absolument apporter de la variété à son répertoire. Pour ce faire, il s'inspire d'œuvres tombées dans le domaine public. C'est ainsi qu'il écrit *Le Mariage forcé* (1664) qui remporte les faveurs de la Cour.

Du 7 au 14 mai 1664 se déroulent à Versailles les Plaisirs de l'Île enchantée, donnés par le roi en l'honneur de son épouse, mais aussi pour célébrer la fin d'importants travaux réalisés à Versailles. Molière doit animer ces fêtes par ses pièces. C'est dans ce cadre que, le 12 mai, il donne la première représentation de son *Tartuffe*, une comédie en trois actes sous-titrée *L'Hypocrite*, qui sera immédiatement interdite. C'est le début de la querelle du *Tartuffe* qui ne prendra fin qu'en 1669 avec l'autorisation de la pièce.

Entre 1664 et 1669, Molière réalise d'autres pièces dont *Dom Juan* (1665), qui sera elle aussi interdite, et *Le Misanthrope*

(1666). En 1665, sa troupe reçoit le titre de troupe du roi, qui s'accompagne d'une pension. Toutefois, à partir de 1672, il perd le soutien de Louis XIV qui se passionne alors pour l'opéra. Cela n'empêche toutefois pas Molière de monter d'autres comédies qui remportent un véritable succès. Parmi celles-ci, on retrouve *Le Bourgeois gentilhomme* (1670), *Les Fourberies de Scapin* (1671), *Les Femmes savantes* (1672) ou encore *Le Malade imaginaire* (1673).

C'est suite à la quatrième représentation de cette dernière pièce que s'éteint Molière. Étant comédien et n'ayant pas renié sa profession avant de mourir, il n'a normalement pas le droit d'être inhumé dans un cimetière. Cette interdiction sera toutefois soulevée grâce à l'intervention du roi, mais l'inhumation se fera sans grande cérémonie.

RÉSUMÉ DU TARTUFFE

EXPOSITION (ACTE I)

La première scène de l'acte I nous fait entrer au cœur de la maison d'Orgon, un bourgeois parisien. Celui-ci est d'un caractère particulièrement naïf. C'est ainsi que Tartuffe, un faux dévot, est parvenu à l'amadouer. Séduit par la dévotion de ce dernier qu'il pense sincère, Orgon le loge chez lui au grand dam de ses proches qui ont tout de suite perçu le jeu sournois de Tartuffe. Seule Mme Pernelle, sa mère, partage la même opinion que lui sur Tartuffe. Présenté comme un saint par Orgon et sa mère, il est décrié pour son hypocrisie par les autres. L'admiration que voue Orgon à Tartuffe est perceptible dans l'attention qu'il prête à ce dernier et à sa santé, alors que son épouse a été souffrante sans que son mari s'en inquiète. Malgré le fait que tous tentent d'ouvrir les yeux d'Orgon au sujet de Tartuffe, celui-ci se refuse à les croire.

Dans cette partie est aussi abordée la question du mariage entre Valère et Mariane qu'Orgon avait tout d'abord accepté. La conversation qui a lieu à ce sujet entre Cléante et Orgon laisse soupçonner que ce dernier a finalement changé d'avis et a désormais d'autres desseins pour sa fille.

LE DÉPIT AMOUREUX (ACTE II)

Ce soupçon se confirme dans la suite de la pièce. L'affection d'Orgon pour Tartuffe est telle qu'il planifie de lui donner sa fille, Mariane, pour épouse, et ce bien qu'il ait déjà accordé la main de celle-ci à Valère. Cette décision donne lieu à une forte opposition de Dorine, la suivante de la jeune fille, alors que Mariane est totalement soumise au choix de son père. Dorine lui reproche d'ailleurs son obéissance excessive et tente de réveiller en elle un sentiment de rébellion et d'injustice. Pour ce faire, elle joue sur l'ironie, insistant sur le bonheur que constituera pour elle le fait d'épouser Tartuffe. Dégoûtée par le tableau qui lui est dépeint, cette dernière lui demande son aide afin que son père revienne sur sa décision.

Valère entre alors en scène. S'ensuit une dispute entre les jeunes amants, Valère reprochant à Mariane sa soumission. Il estime même que son comportement démontre son bonheur d'épouser Tartuffe. Dorine intervient alors pour réconcilier les deux amants et leur promet de tout mettre en œuvre pour annuler ce mariage.

L'EXCLUSION DE DAMIS ET LE TRIOMPHE DE TARTUFFE (ACTE III)

Pour faire revenir Orgon sur sa décision d'unir Mariane à Tartuffe, mais aussi pour lui dévoiler le véritable visage de ce dernier, Dorine compte sur l'aide d'Elmire, l'épouse d'Orgon. Elle a en effet remarqué que Tartuffe n'était pas indifférent aux charmes de celle-ci. Toutefois, elle doit combiner avec la fougue de Damis qui ne peut accepter l'union prévue entre sa sœur et Tartuffe. Elle parvient à le calmer et, à l'arrivée de Tartuffe et d'Elmire, elle se retire tandis qu'il se dissimule dans un petit cabinet. Depuis sa cachette, Damis assiste à toute la conversation entre Elmire et Tartuffe au cours de laquelle celui-ci révèle à Elmire l'affection qu'il éprouve pour elle, n'hésitant pas à la toucher. Cette dernière se refuse toutefois à lui.

Hors de lui, Damis sort de sa cachette et s'en va tout rapporter à son père. Tartuffe, face à Orgon, fait alors profil bas et s'accuse de tous les maux. Malgré cet aveu, Orgon ne croit rien de ce que lui raconte son fils. Estimant que tous ses proches cherchent à l'éloigner de Tartuffe, Orgon exige que Damis demande pardon au faux dévot. Damis s'y refusant, Orgon le chasse et le déshérite au profit de ce dernier.

LE MASQUE TOMBE (ACTE IV)

Suite à ces événements, Dorine obtient d'Elmire son aide afin de faire voir à Orgon la vérité concernant Tartuffe. Elmire s'y essaie, mais en vain. Elle suggère alors à son mari de se dissimuler sous une table afin qu'il puisse être témoin de l'hypocrisie de Tartuffe.

C'est ainsi qu'Orgon assiste à une conversation entre Tartuffe et sa femme durant laquelle cette dernière tend un piège au faux dévot en lui laissant croire qu'elle est éprise de lui. Après avoir montré quelque signe de méfiance, Tartuffe se dévoile sous son vrai jour argumentant que la religion peut s'accommoder de ses sentiments pour Elmire. Il révèle également sa véritable opinion concernant Orgon en le qualifiant de naïf et de facilement manipulable. C'en est trop pour ce dernier qui sort de sa cachette et chasse Tartuffe. Celui-ci s'en va, non sans rappeler à Orgon qu'il est le maître des lieux suite à la donation qu'Orgon lui a faite…

LE DÉNOUEMENT (ACTE V)

Si Orgon craint de perdre ses biens, il redoute surtout d'être arrêté et emprisonné. En effet, il explique à ses proches qu'il a confié à Tartuffe une cassette contenant les papiers qu'un ami, proscrit suite au rôle qu'il a joué lors de la Fronde, lui a remise. Mme Pernelle fait alors son entrée. Elle refuse de croire tout ce qui lui est raconté au sujet de Tartuffe. Elle se rend toutefois à l'évidence quand arrive M. Loyal, un huissier, venu déposséder Orgon de ses biens.

Craignant d'être arrêté, il s'apprête à fuir avec l'aide de Valère. Mais, il est trop tard puisqu'arrivent Tartuffe et l'exempt, l'officier royal chargé des arrestations. Cependant, contre toute attente, ce n'est pas Orgon qui est arrêté, mais Tartuffe. En effet, le roi a reconnu en lui un escroc, tandis qu'Orgon obtient le pardon du roi qui s'est souvenu de sa fidélité à son égard durant la Fronde. Tout étant rentré dans l'ordre, la pièce se termine sur l'annonce du mariage entre Mariane et Valère.

L'ŒUVRE EN CONTEXTE

LA FRANCE DE LOUIS XIV

À l'époque où Molière rédige son *Tartuffe*, la France est dirigée par Louis XIV, monarque absolu de droit divin. Son règne se caractérise par un absolutisme sans précédent qui s'explique notamment par l'instabilité politique qui a suivi la mort de son père, Louis XIII, et celle de Richelieu, période marquée par la Fronde.

Entre 1648 et 1653, la France est agitée par d'importants soulèvements, dirigés tout d'abord par les parlementaires (1648-1649) suite à leur refus des nouvelles mesures de recettes fiscales proposées par le Gouvernement en vue de financer la guerre menée contre la maison de Habsbourg, puis par les princes (1650-1653) suite à l'arrestation de certains Grands, dont le prince de Condé. Au cours de la première Fronde, le jeune Louis XIV et sa mère, Anne d'Autriche (1601-1666), doivent quitter la capitale pour leur sécurité. Une fois l'ordre rétabli, Louis XIV rentre à Paris.

Cet épisode tumultueux de l'Histoire de la France peut expliquer la volonté de Louis XIV de surveiller la noblesse et de l'endormir par les fastes de la Cour et, à partir de 1682, de l'éloigner plus encore de la vie politique en l'installant à Versailles.

Le règne du Roi-Soleil est aussi marqué par une certaine unification du territoire français qui s'est largement agrandi grâce aux nombreuses guerres menées. En parallèle, il met au point un système protectionniste suivant lequel la nation doit subvenir à ses propres besoins. Mais cela se solde par une véritable catastrophe agricole qui mène à la révolte des paysans et à leur répression. Les inégalités restent donc d'actualité, notamment en ce qui concerne les impôts payés par les différents membres de la société, les charges fiscales étant nettement plus importantes pour le tiers état.

UN ROI MÉCÈNE

En ce qui concerne les arts, le règne de Louis XIV est sans aucun doute l'un des plus productifs grâce à la politique de protection entreprise par le roi lui-même qui devient le seul mécène de France. Secondé dans sa tâche par Colbert (1619-1683), il est guidé dans cette entreprise par sa volonté de mettre le domaine artistique au service de son dessein politique. L'art constitue donc une véritable arme lui permettant de mettre en avant toute la splendeur et la grandeur de la France et de sa personne.

Si les pensions accordées par le roi permettent aux artistes de produire leurs œuvres, cela limite toutefois leur liberté, puisqu'ils sont désormais au service du pouvoir royal qu'ils doivent magnifier.

La situation se dégrade pourtant dès 1672 pour les écrivains : la construction de Versailles, les guerres entreprises par le roi et son intérêt davantage porté sur l'opéra ont pour conséquence de faire diminuer les pensions accordées aux auteurs. Elles seront totalement supprimées après 1683 et la mort de Colbert, suite aux problèmes financiers que rencontre l'État et à l'influence croissante du parti des dévots à la Cour. Le mécénat est alors repris par les grands seigneurs.

LE THÉÂTRE ET LA LITTÉRATURE AU XVIIᵉ SIÈCLE

Alors qu'il y a peu, le théâtre n'était encore visible que dans les collèges et foires, il devient un art plus réputé qui s'est acquis la faveur du public. En outre, une ordonnance de Louis XIII permet la réhabilitation du métier de comédien, qui était alors dénigré. Le pouvoir royal soutient donc le théâtre face à ses ennemis parmi lesquels se trouve l'Église.

UN THÉÂTRE DIABOLISÉ

Du vivant de Molière, l'Église considérait que le théâtre favorisait les mœurs immorales et n'hésitait pas à excommunier certains comédiens. À partir de 1635, la situation commence toutefois à s'améliorer grâce au travail de réhabilitation entrepris par Richelieu qui visait à présenter les comédiens comme des pourvoyeurs d'un divertissement ayant une utilité publique. Louis XIII entérine cela en 1641 par une ordonnance visant à faire en sorte que l'exercice de leur profession ne leur porte plus préjudice.

La littérature a, elle aussi, fortement évolué. Marquée jusqu'à la moitié du siècle par le courant baroque et par l'influence des littératures espagnole et italienne, elle laisse désormais se dévoiler l'imagination de l'auteur, son lyrisme et sa fantaisie. L'écrivain a donc pour mission de divertir le public. En parallèle, on voit surgir un attrait pour l'Antiquité et avec lui se met en place la doctrine classique qui impose que soient respectées la vraisemblance et la bienséance, ainsi qu'une série de règles portant sur le temps, le lieu et l'action de la pièce. L'accent est mis sur la recherche de l'équilibre non seulement entre le réel et l'idéalisation, mais aussi entre le rationnel et l'irrationnel. Cela n'empêchera pas Molière et d'autres auteurs de dénoncer les excès de cette doctrine et de ne pas suivre les règles de manière rigoureuse.

ANALYSE DES PERSONNAGES

Portrait de Tartuffe.

Personnage donnant son nom à la pièce, Tartuffe est un

hypocrite et un imposteur. Il utilise la religion pour profiter de la naïveté d'Orgon, dissimulant sa cupidité et son avarice sous une fausse dévotion. Ainsi, face au maître de maison, il affiche une modestie et une charité sans pareilles qui font naître chez ce dernier une profonde admiration.

La manière dont il manipule Orgon révèle une véritable intelligence. En bon comédien, il trouve toujours une astuce pour se sortir des situations qui pourraient lui porter préjudice. Ainsi, lorsque Damis le surprend en train de faire la cour à Elmire et pense pouvoir faire tomber son masque devant son père, Tartuffe parvient à ce que ce soit Damis lui-même qui soit chassé de la demeure en manipulant une fois encore Orgon.

> « TARTUFFE – Oui, mon frère, je suis un méchant, un coupable
> Un malheureux pécheur, tout plein d'iniquité,
> le plus grand scélérat qui jamais ait été.
> Chaque instant de ma vie est chargé de souillures,
> Elle n'est qu'un amas de crimes, et d'ordures ;
> Et je vois que le ciel, pour ma punition,
> Me veut mortifier en cette occasion.
> De quelque grand forfait qu'on me puisse reprendre,
> Je n'ai garde d'avoir l'orgueil de m'en défendre.
> [...]
> ORGON, à son fils – Ah ! traître, oses-tu bien, par cette fausseté,
> Vouloir de sa vertu ternir la pureté ? » (acte II, scène VI)

On découvre toutefois son véritable visage lors de ses conversations avec Elmire au cours desquelles se révèle son appétit féroce pour les plaisirs de la chair. Il s'y montre également particulièrement sûr de lui et tenace.

Tartuffe est également un personnage méchant, arriviste et cupide, autant de traits de caractère qui se confirment lorsque, démasqué par Elmire sous les yeux d'Orgon, il menace ce dernier de le spolier de ses biens. Tartuffe représente donc l'hypocrisie par excellence.

Le nom du personnage n'a pas été choisi au hasard par Molière. Le terme viendrait de l'italien *tartúfo* qui signifie « truffe », et aurait été utilisé par Lorenzo Lippi (peintre et poète italien, 1606-1664) dans son poème intitulé *Malmantile Racquistato* (1676) pour désigner un homme à l'esprit méchant.

ORGON

Orgon est un bourgeois parisien. Il est l'exemple type du naïf. En quête de paix intérieure afin de s'assurer une place au paradis, il s'attache à Tartuffe, convaincu que celui-ci pourra lui permettre de développer sa spiritualité. Il semble toutefois assez éloigné de cette tranquillité intérieure qu'il recherche tant puisque l'on perçoit en lui un caractère colérique : il refuse toute résistance à son autorité et s'emporte facilement, surtout lorsque l'on s'attaque à Tartuffe qu'il vénère.

De plus, malgré sa volonté de se défaire de tout sentiment pour les autres, on perçoit en lui une certaine servitude affective : il a besoin de s'accrocher à une personne à laquelle il est soumis. Dans le cas présent, il s'agit de Tartuffe, mais ce rôle était auparavant endossé par sa mère, Mme Pernelle. Orgon fait donc preuve d'une grande immaturité en ce qui concerne ses relations aux autres.

La crédulité et la tyrannie de ce personnage ainsi que son incapacité à communiquer avec les autres le rendent particulièrement comique. L'imposture de Tartuffe et la naïveté d'Orgon constituent donc deux extrêmes entre lesquels viennent se placer les honnêtes gens, les dévots de cœur dont le représentant par excellence dans la pièce est Cléante.

CLÉANTE

Beau-frère d'Orgon, Cléante est le parangon de l'honnête homme, attaché à la vraie dévotion. Il représente les véritables vertus chrétiennes (charité, modération, bonté et pardon). Distingué dans ses manières, il fait preuve d'une intelligence certaine et se contrôle en toute circonstance, laissant sans cesse parler sa raison. Ce personnage démontre qu'il est possible de faire preuve d'une certaine dévotion tout en étant honnête et en menant une vie sociale.

Tout comme certains autres membres de la famille, il a rapidement conscience de la véritable personnalité de Tartuffe. Lorsque la vérité apparaîtra à Orgon, il tentera de le mener sur la voie du pardon :

> « CLÉANTE – Ah ! mon frère, arrêtez
> Et ne descendez point à des indignités.
> À son mauvais destin laissez un misérable,

> Et ne vous joignez point au remords qui l'accable.
> Souhaitez bien plutôt, que son cœur, en ce jour,
> Au sein de la vertu fasse un heureux retour ;
> Qu'il corrige sa vie, en détestant son vice,
> Et puisse du grand Prince adoucir la justice ;
> Tandis qu'à sa bonté vous irez à genoux,
> Rendre ce que demande un traitement si doux. » (scène dernière)

ELMIRE

Sœur de Cléante et seconde épouse d'Orgon, Elmire présente, à l'égal de son frère, un caractère vertueux dans lequel transparaissent sa bonté, sa dignité et sa sagesse. Elle s'affiche comme une bonne chrétienne. Elle semble avoir un rôle primordial au sein de la famille, faisant le pont entre Orgon et les autres membres. Son rôle dans le piège tendu à Tartuffe révèle toute son intelligence, sa lucidité, son adresse et sa confiance en elle-même. En femme moderne, elle peut également afficher une juste fermeté.

Elmire est le modèle de l'épouse parfaite selon Molière.

DAMIS

Damis est le fils d'Orgon issu d'un premier mariage. Si, comme Cléante et Elmire, Damis cherche la justice, il se laisse emporter par sa fougue et sa naïveté, ce qui ne lui réussit guère. Molière a sans doute construit ce personnage comme le reflet de l'indignation ressentie par le spectateur.

MARIANE

Mariane est la fille d'Orgon et la sœur de Damis. Son personnage se caractérise par une extrême douceur, de la délicatesse et de la discrétion, ce qui lui vaut d'être la victime toute désignée d'Orgon et de ses volontés, auxquelles elle se soumet sans aucune forme de rébellion, malgré les exhortations de Dorine.

DORINE

Dorine est la confidente de Mariane. À l'instar d'Elmire, elle fait montre d'une grande clairvoyance, pressentant avant même qu'ils ne se révèlent au grand jour les sentiments de Tartuffe pour Elmire. Cependant, contrairement à Elmire, elle s'exprime avec franc-parler, ce qui en fait un personnage très comique. Elle se montre également particulièrement dévouée, cherchant par tous les moyens à aider Mariane.

VALÈRE

Amant de Mariane, il a obtenu la parole d'Orgon afin d'épouser sa fille. Malgré son jeune âge, Valère affiche une maturité affective certaine. De plus, bien qu'Orgon ait décidé de revenir sur la promesse qu'il lui avait faite de lui octroyer la main de sa fille, il n'hésite nullement à lui venir en aide lorsque celui-ci est menacé d'emprisonnement. Ceci démontre la grande générosité du jeune homme ainsi que son profond attachement à la famille d'Orgon.

Mère d'Orgon, Mme Pernelle présente un caractère particulièrement autoritaire. C'est d'ailleurs cette volonté de sans cesse tout diriger qui la pousse à quitter la maison de son fils, dans la scène I de l'acte I. En effet, ne pouvant plus contrôler ce qui s'y déroule, elle préfère se retirer plutôt que d'être le témoin de son impuissance. Cette femme est particulièrement conservatrice : attachée à un style de vie ancien, elle cherche à imposer celui-ci aux jeunes générations. Elle est aussi très austère.

ANALYSE DES THÉMATIQUES

L'HYPOCRISIE RELIGIEUSE

Thème très souvent exploité dans les œuvres de Molière (*Dom Juan*, *Le Misanthrope*...), l'hypocrisie est au centre du *Tartuffe* puisqu'il y est question d'un faux dévot profitant de la naïveté d'un puissant pour s'imposer en maître et tenter de séduire son épouse. Cette thématique constituait déjà à l'époque un topos littéraire que l'on retrouve notamment dans *Il pedante* de Flaminio Scala (1552-1624) en 1611 ou encore dans *Les Trahisons d'Arbiran* d'Antoine Le Métel d'Ouville (1590-1656) en 1638, deux œuvres dont Molière se serait inspiré.

Mais l'envie d'écrire une pièce sur l'hypocrisie religieuse est véritablement née de la querelle de *L'École des femmes* qui a opposé Molière aux dévots. Tartuffe est incontestablement un hypocrite qui prêche une religion qu'il accommode selon ses désirs. Il est en cela l'incarnation même des faux dévots, ceux qui se cachent derrière une foi zélée pour servir leurs propres intérêts.

Nous observons ici le parallèle avec la compagnie du Saint-Sacrement puisqu'à l'instar de ses membres, Tartuffe s'introduit dans le domaine privé en pénétrant chez Orgon. Dupant le maître des lieux, il prend la direction de la maisonnée. Son imposture lui permet même de devenir l'héritier d'Orgon grâce à la donation que ce dernier lui fait. De telles pratiques s'apparentent à celles mises en œuvre par les membres de la compagnie du Saint-Sacrement, qui utilisent la charité comme un moyen de prosélytisme et n'hésitent pas à intervenir dans la sphère privée.

Le caractère hypocrite de Tartuffe est d'abord présenté par les autres personnages de la pièce, hormis Orgon et Mme Pernelle qui ne s'aperçoivent de rien. C'est Damis qui, le premier, met en doute la dévotion de Tartuffe le qualifiant de « cagot critique » (acte I, scène première). Dorine dénonce encore son caractère hypocrite (*ibid.*).

Alors qu'il est au cœur de toutes les conversations, Tartuffe n'entre réellement en scène qu'au cours du troisième acte. La première à s'y confronter est Dorine qui se montre très hostile envers lui. Mais c'est lors de la conversation entre Tartuffe et Elmire que le lecteur constate que le portrait qui lui a été dépeint depuis le début de la pièce est bien réel. De fait, Tartuffe révèle à celle-ci son attirance pour elle, et ses gestes en disent longs sur le feu ardent qui brûle en lui :

> « TARTUFFE – Je sais qu'un tel discours de moi paraît étrange ;
> Mais, Madame, après tout, je ne suis pas un ange ;

Suite à cette conversation, Damis qui a tout entendu s'empresse d'aller la rapporter à son père. On perçoit alors une fois de plus toute la fausseté de Tartuffe qui se présente comme un homme humble, s'autoflagellant par les paroles et se référant au Ciel. Il parvient ainsi à se jouer d'Orgon. En bon comédien, Tartuffe n'hésite pas à se présenter tantôt comme une victime, tantôt comme un être entièrement dévoué à Orgon et à sa protection. C'est ainsi qu'il explique à Cléante avoir accepté la donation faite par Orgon afin qu'elle ne tombe pas entre de mauvaises mains :

C'est à la suite d'une nouvelle conversation entre Tartuffe et Elmire, qui se déroule cette fois en présence d'Orgon, caché sous la table, que la vérité éclate au grand jour. Tartuffe révèle une fois de plus les sentiments qu'il éprouve à l'égard d'Elmire et mentionne à cette dernière la possibilité de contourner certaines prescriptions du Ciel :

> « ELMIRE – Mais des arrêts du Ciel on nous fait tellement peur.
> TARTUFFE – Je puis vous dissiper ces craintes ridicules,
> Madame, et je sais l'art de lever les scrupules.
> Le Ciel défend, de vrai, certains comportements ;
> (C'est un scélérat qui parle)
> Mais on trouve avec lui des accommodements.
> [...]
> Contentez mon désir, et n'ayez point d'effroi,
> Je vous réponds de tout, et prends le mal sur moi. » (acte III, scène V)

Enfin, Tartuffe fait référence à l'influence qu'il a sur Orgon et au fait qu'il le manipule à sa guise : « C'est un homme, entre nous, à mener par le nez. » (acte III, scène V)

Sorti de sa cachette, Orgon chasse Tartuffe pensant mettre un terme à cette mésaventure, mais le faux dévot est parvenu à assurer ses arrières, ayant reçu d'Orgon ses biens et disposant de preuves l'accusant de traîtrise durant la Fronde.

Mais alors qu'il pense faire arrêter Orgon, Tartuffe est finalement pris à son propre piège : l'exempt qui l'accompagne l'a suivi afin de le mener en prison lui et non Orgon, le prince ayant reconnu derrière les traits de Tartuffe un imposteur.

Les spectateurs feront un tel amalgame entre Tartuffe et l'hypocrisie que désormais on utilisera son nom pour désigner une personne fourbe.

Mariane, Valère et Tartuffe

Autre thème chéri par Molière, le mariage forcé est, lui aussi, abordé dans *Le Tartuffe*. Dès le premier acte, Damis fait allusion au mariage de Mariane et de Valère. Ce dernier a obtenu la parole d'Orgon de pouvoir épouser la jeune fille, et ce pour la plus grande joie des amants. Toutefois, on comprend rapidement que cette union est menacée par Tartuffe, alors même que le personnage n'est pas encore monté sur scène. La menace se précise dans la scène v de l'acte I, au cours de laquelle Orgon laisse planer un certain mystère quant à son intention envers ce mariage par ses réponses brèves et évasives :

> « CLÉANTE – [...] Vous savez que Valère,
> Pour être votre gendre, a parole de vous.
> ORGON – Oui.
> CLÉANTE – Vous aviez pris jour pour un lien si doux.
> ORGON – Il est vrai.
> CLÉANTE – Pourquoi donc en différer la fête ?
> ORGON – Je ne sais pas.
> CLÉANTE – Auriez-vous autre pensée en tête ?
> ORGON – Peut-être. »

Dès l'entame de l'acte II, les craintes du lecteur se confirment puisqu'Orgon annonce à sa fille le dessein qu'il a pour elle : la marier à Tartuffe. La raison de ce revirement est double : il souhaite que Tartuffe fasse partie de la famille, et reproche à Valère de ne pas fréquenter les églises.

Suite à cette annonce, force est de constater que Mariane se soumet à la volonté de son père et que c'est Dorine qui prend sa défense et se rebelle contre cette décision. Malgré son statut limité au sein de la maisonnée, cette dernière se permet de faire front au patriarche tout au long de la scène II de l'acte II. Elle l'interrompt et lui désobéit en ne cessant de parler malgré le fait qu'il lui ait ordonné de se taire.

La soumission de Mariane fait l'objet de reproches de la part de Dorine. Celle-ci tente de la raisonner en remettant en doute son amour pour Valère en ironisant sur le bonheur qu'elle connaîtra auprès de Tartuffe :

> « DORINE – Non non, je ne veux rien. Je vois que vous voulez
> Être à Monsieur Tartuffe ; et j'aurais, quand j'y pense,
> Tort de vous détourner d'une telle alliance.
> Quelle raison aurais-je à combattre vos vœux ?
> Le parti, de soi-même, est fort avantageux.
> Monsieur Tartuffe ! oh, oh, n'est-ce rien qu'on propose ?
> Certes, Monsieur Tartuffe, à bien prendre la chose,
> N'est pas un homme, non, qui se mouche du pié,
> Et ce n'est pas peu d'heur, que d'être sa moitié.
> Tout le monde déjà de gloire le couronne,
> Il est noble chez lui, bien fait de sa personne,
> Il a l'oreille rouge, et le teint bien fleuri ;
> Vous vivrez trop contente avec un tel mari. » (acte II, scène III)

Tout ceci a son effet puisque Mariane la supplie de lui venir en aide afin de faire revenir son père sur sa décision. Cette scène fait quasiment de Mariane une héroïne de tragédie par les vers qu'elle prononce : « Et ne me portez point à quelque désespoir » ; « Mais au moins n'allez pas jusques à ma personne,/ Et souffrez qu'un couvent, dans les austérités,/ Use les tristes jours que le Ciel m'a comptés. » (acte II, scène III)

Avec l'arrivée de Valère (acte II scène IV) débute une scène de dépit amoureux entre les deux amants, chacun tentant de faire dire à l'autre qu'il se battra pour leur amour. Leur dispute atteint son paroxysme et ils s'apprêtent à prendre congé l'un de l'autre quand Dorine intervient et les réconcilie.

Le thème du mariage forcé continue à traverser l'ensemble de la pièce comme un danger permanent qui menace les deux amants. Il apparaît en effet au cours de la conversation entre Tartuffe et Elmire (acte III, scène III), puis de celle entre Tartuffe, Damis et Orgon (acte III, scène VI). Il resurgit encore lorsque Mariane supplie son père de changer d'avis au sujet de son mariage avec Tartuffe (acte IV, scène III). Finalement, le dénouement de la pièce voit aussi l'éloignement de ce péril et annonce une fin heureuse pour les deux amants. Leur mariage d'amour fait d'ailleurs l'objet des derniers vers de la pièce prononcés par Orgon, où il reconnaît cette situation préférable au mariage de raison.

L'évolution de cette thématique est donc particulièrement claire : d'une simple allusion, elle se concrétise et s'exprime dans toute sa force. Elle hante de façon répétitive la pièce, qui se clôt pourtant sur son échec et le triomphe de la sincérité et de l'amour.

Une pratique sociale à dénoncer

Le sujet du mariage forcé, évoquant la contrainte que peut avoir un père sur sa fille, existe dans l'œuvre d'autres auteurs, tels que Corneille qui, à la même époque, dans *Polyeucte*, mentionne l'obligation pour Pauline d'épouser Polyeucte malgré son amour pour Sévère. Ce thème est donc mis en parallèle avec celui de l'amour menacé, comme c'est également le cas dans *Le Cid* du même auteur.

Cette thématique semble particulièrement chère à Molière puisqu'il y revient à de nombreuses reprises dans l'ensemble de son œuvre :

- dans *Les Femmes savantes*, Philaminte veut contraindre Henriette à épouser Trissotin ;
- dans *Les Précieuses ridicules*, ce sont Cathos et Magdelon qui se voient promises à La Grange et du Croisy contre leur gré ;
- dans *L'École des femmes*, Agnès doit se marier à un barbon ;
- dans *L'Avare* (1668), ce ne sont pas moins de trois jeunes gens qui se voient offerts en mariage à des personnes dont ils ne veulent pas – Mariane à Harpagon, Élise à Anselme et Cléante à une veuve.

Cependant, la réaction de ces personnages contraints au mariage forcé peut être très différente. Si Lucinde dans *L'Amour médecin* (1665), gémissante, semble se résigner, ce n'est nullement le cas d'Élise dans *L'Avare* ou d'Angélique dans *Le Malade imaginaire* puisqu'elles s'opposent formellement au mariage qu'on prévoit pour elles.

Si Molière fait de ce thème un leitmotiv de son œuvre, c'est sans doute en raison de sa volonté de dénoncer une pratique sociale courante dans la bourgeoisie et la noblesse de son époque : le mariage organisé par un père de son enfant à une personne jugée comme un parti avantageux (pour ses faveurs, ses richesses, son influence), et ce sans se soucier de l'avis du promis ou la promise.

Au XVIIe siècle, le mariage, avant d'être la concrétisation d'un amour, est un contrat qui unit deux familles dont les intérêts passent avant ceux des mariés. Ceci est donc valable tant pour les femmes que pour les hommes. En tant qu'institution religieuse forte, le mariage est indissoluble, et les jeunes gens obligés de se marier iront bien souvent chercher l'amour chez des amants – cette pratique étant beaucoup plus simple pour les époux que pour les épouses.

Aux yeux de Molière, la femme a pour destin de se marier, mais le mariage doit être le fruit de l'amour entre deux êtres qui fonctionnent bien ensemble et se respectent mutuellement. De ce point de vue, il se rapproche des revendications féministes de son temps, estimant que le mariage forcé dans lequel les époux sont mal assortis peut devenir un enfer pour les conjoints.

Afin de discréditer cette pratique courante aux yeux de ces contemporains, Molière présente ici le personnage d'Orgon comme un monomaniaque autoritaire et égoïste, un impulsif prêt à sacrifier sa propre fille pour assurer sa sécurité. Ceci a pour but de susciter l'opposition du spectateur à ce mariage forcé, voire même une certaine crainte pour les jeunes gens ainsi contraints. L'égoïsme du père est sans doute encore plus notable dans *Le Malade imaginaire* où, à travers certaines répliques, Argan avoue sciemment vouloir marier sa fille Angélique à Thomas Diafoirus, un médecin, dans le seul but de s'assurer les soins de ce dernier. Molière s'attaquera aussi à cette pratique du mariage forcé en ridiculisant les futurs époux brutaux tels que Sganarelle dans *L'École des maris*, qui cherche à isoler Isabelle du monde, ou encore Arnolphe dans *L'École des femmes*, qui séquestre Agnès depuis son enfance en vue de l'épouser. Il leur oppose des hommes raisonnables, tel Ariste qui, dans *L'École des maris*, se refuse d'épouser Léonor contre la volonté de celle-ci.

Il est intéressant de noter que Molière n'était pas le seul à s'opposer à cette pratique puisque l'Église elle-même estimait que le mariage devait être librement consenti.

L'AVEUGLEMENT ET LA NAÏVETÉ

Pendant de l'hypocrisie, la crédulité est incarnée par deux personnages : Orgon et sa mère, Mme Pernelle. Cette naïveté, on la découvre d'abord avec Mme Pernelle qui se refuse à croire ce qu'on lui rapporte au sujet de Tartuffe, préférant le défendre et accuser ses interlocuteurs de s'opposer à lui uniquement parce qu'il leur reproche leurs défauts :

> « DORINE – Certes, c'est une chose aussi qui scandalise,
> De voir qu'un inconnu céans s'impatronise ;
> Qu'un gueux qui, quand il vint, n'avait pas de souliers,
> Et dont l'habit entier valait bien six deniers,
> En vienne jusque-là, que de se méconnaître,
> De contrarier tout, et de faire le maître.

Mme PERNELLE – Hé, merci de ma vie il en irait bien mieux,
Si tout se gouvernait par ses ordres pieux.
DORINE. – Il passe pour un saint dans votre fantaisie ;
Tout son fait, croyez-moi, n'est rien qu'hypocrisie.
[...]
Mme PERNELLE – J'ignore ce qu'au fond le serviteur peut être ;
Mais pour l'homme de bien, je garantis le maître.
Vous ne lui voulez de mal, et ne le rebutez,
Qu'à cause qu'il vous dit à tous vos vérités. » (acte I,
scène première)

Dans le cas d'Orgon, on comprend que son aveuglement le pousse à développer une admiration irraisonnée pour Tartuffe au détriment de ses proches ; il n'a plus d'yeux que pour ce faux dévot. Ainsi, alors que Dorine lui rapporte les maux subis la nuit précédente par Elmire, il ne s'inquiète guère que pour Tartuffe, malgré le ridicule de la situation :

« DORINE – Madame eut, avant-hier, la fièvre jusqu'au soir,
Avec un mal de tête étrange à concevoir.
ORGON – Et Tartuffe ?
DORINE – Tartuffe ? Il se porte à merveille
Gros, et gras, le teint frais, et la bouche vermeille.
ORGON – Le pauvre homme !
DORINE – Le soir elle eut un grand dégoût,
Et ne put au souper à rien du tout,
Tant sa douleur de tête était encor cruelle.
ORGON – Et Tartuffe ?
DORINE – Il soupa, lui tout seul, devant elle,
Et fort dévotement il mangea deux perdrix,
Avec une moitié de gigot en hachis.
ORGON – Le pauvre homme ! » (acte I, scène IV)

L'admiration d'Orgon poussée à son paroxysme prête à rire. Toutefois, son aveuglement va encore plus loin lorsqu'il se refuse à croire que Tartuffe a courtisé, à son insu, Elmire, et qu'il s'emporte à l'égard de son fils qui lui rapporte les faits (acte III, scène VI). Sa crédulité ne se dissipe que quand il assiste, caché, à la conversation entre Tartuffe et Elmire. Étonné par ce qu'il entend, il finit par reprendre ses esprits et chasse Tartuffe (acte IV, scène VII). Il reconnaît alors son aveuglement, s'en morfond et jure qu'il ne sera plus jamais aussi naïf :

> « ORGON – Quoi ! sous un beau semblant de ferveur si touchante,
> Cacher un cœur si double, une âme si méchante ?
> Et moi qui l'ai reçu gueusant, et n'ayant rien…
> C'en est fait, je renonce à tous les gens de bien.
> J'en aurai désormais une horreur effroyable,
> Et m'en vais devenir, pour eux, pire qu'un diable. » (acte V, scène première)

Si Orgon est revenu à la raison, ce n'est pas encore le cas de sa mère qui s'obstine et refuse toujours à croire ce que son fils lui relate, ce qui l'enrage. Sur ces entrefaites, Dorine lui fait remarquer que le comportement de Mme Pernelle n'est guère différent du sien auparavant. Finalement, à l'instar de son fils, Mme Pernelle ne finit par croire ce qu'on lui dit que quand elle est elle-même témoin du comportement de Tartuffe. Sa première réaction est la surprise (« Je suis tout ébaubie, et je tombe des nues », acte V, scène V), comme cela fut le cas pour son fils.

Par ailleurs, il est intéressant de noter que Tartuffe est aussi victime de cette naïveté lorsqu'il se laisse convaincre par les fausses déclarations d'amour d'Elmire.

Molière dénonce ainsi la naïveté de ses contemporains par rapport au dogmatisme religieux, mais aussi à la médecine comme dans le cas de Sganarelle dans *L'Amour médecin* et d'Argan dans *Le Malade imaginaire*. On peut donc considérer que Molière enjoint ses contemporains à plus d'esprit critique. Le caractère déraisonnable de l'homme est ainsi mis en évidence. Il s'agit d'un thème qui traverse toute l'œuvre de Molière : que ce soit la déraison face à la religion, à l'argent ou encore à la santé, Molière n'aura de cesse de la ridiculiser à travers des personnages comme Orgon, Argan ou encore Harpagon.

Comme dans le cas de la thématique du mariage forcé, Molière s'attaque à la crédulité de ses contemporains par le rire provoqué par le ridicule des naïfs qu'il met en scène.

STYLE ET ÉCRITURE

ENTRE CLASSICISME ET BAROQUE

Le Tartuffe de Molière s'inscrit dans le courant classique dont il respecte les trois grandes règles, à savoir l'unité de temps, de lieu et d'action. La première impose que la pièce se déroule sur une période brève, ce qui est le cas puisque d'après les indications temporelles, l'intrigue est bouclée en une journée. L'unité de lieu, qui requiert que la pièce se concentre en un lieu, est également observée, l'ensemble des différents actes se déroulant dans la maison d'Orgon.

Il en est en revanche tout autrement pour la règle de l'unité d'action, qui n'est pas suivie scrupuleusement. En effet, la pièce présente une succession de périls et, contrairement aux œuvres du XVIIe siècle, l'exposition ne révèle pas tous les éléments de l'intrigue puisque la cassette et le danger qu'elle représente n'apparaissent que dans la dernière scène de l'acte IV. L'action se déroule donc de façon graduelle et imprévisible jusqu'au dénouement qui est tout aussi imprévisible : alors que tout semble perdu pour Orgon et sa famille, le lecteur fait face à un véritable retournement de situation puisque tous sont finalement sauvés, alors que Tartuffe est arrêté par le roi.

Le lecteur va donc de surprise en surprise tout au long de la pièce, passant d'un péril à l'autre. Si, dans un premier temps, le danger reposait sur l'union entre Mariane et Valère, il finit par menacer Elmire que Tartuffe tente de séduire, Damis qui est chassé de la maison et déshérité par son père, et finalement Orgon lui-même qui risque de perdre ses biens ainsi que sa liberté. Ce mouvement perpétuel est caractéristique du courant baroque et s'écarte donc du modèle classique. Les différents périls sont toutefois toujours liés entre eux de façon cohérente et ordonnée, ce qui reste en accord avec le modèle classique.

Un tel mouvement baroque se retrouve également dans le jeu de Tartuffe qui ôte et remet son masque d'hypocrite. En effet, si, lors de son entrée en scène, il porte clairement son masque de dévot (scène II de l'acte III), il le retire bien vite pour dévoiler son amour à Elmire (scène III de l'acte III). Plus avant, alors qu'il présente son *mea culpa* à Orgon, il confère à ses aveux une telle humilité, une telle autoflagel-lation qu'Orgon n'y voit là qu'un signe supplémentaire de la dévotion et de la bonté de Tartuffe (scène VI de l'acte III). Tartuffe a donc remis son masque. Mais Elmire parvient à le lui arracher en le trompant sur ses sentiments (scène VI de l'acte IV). Et finalement, le sergent royal, M. Loyal, vient ôter le masque de Tartuffe face à tous les personnages de l'œuvre (scène IV de l'acte V).

LE TON DE L'ŒUVRE

À l'instar de *L'École des femmes*, le ton utilisé par Molière dans *Le Tartuffe* est naturel et simple. Ceci se marque dans le vocabulaire choisi par le dramaturge, qui est proche du langage quotidien de l'époque, mais aussi par les répliques brèves qui ponctuent l'œuvre et par les termes expressifs très souvent utilisés (« Hé bien », « Quoi ! », etc.).

Bien que le sujet soit grave et que la famille d'Orgon soit

menacée par divers dangers, force est de constater que le comique domine la pièce. Le ton employé contribue à ce comique ainsi que les différents personnages et leurs manières de réagir aux événements qui se produisent : Tartuffe dénigré par Dorine (scène I de l'acte I), Tartuffe éconduit par Elmire (scène III de l'acte III), les interventions ironiques de Dorine (scène II et III de l'acte II), l'aveuglement niais et persistant d'Orgon et de Mme Pernelle, Dorine et Mme Pernelle qui coupent la parole aux autres (acte I, scène I ; acte II, scène II), la gestuelle comique des personnages, le caractère sensuel de Tartuffe dissimulé derrière une dévotion hypocrite, etc.

Les exagérations et la caricature rendent aussi l'œuvre comique. Il en va ainsi du portrait de la famille d'Orgon par Mme Pernelle (scène I de l'acte I), de la description de la vie provinciale que Dorine fait à Mariane (scène III de l'acte II) ou encore du langage hyperbolique et antiphrastique de Tartuffe (scène IV de l'acte III).

Molière est ainsi parvenu à combiner le comique à la gravité du sujet et des dangers qu'il entraîne. Dans l'acte II, par exemple, la menace pesant sur l'amour de Mariane et Valère se laisse percevoir de manière évidente. Cependant, afin de ne pas verser dans le drame, Molière introduit un élément comique par l'intermédiaire de Dorine et de son franc-parler, de son impertinence même (vers 551-584). Il en va de même dans l'acte III où l'incrédulité, les larmes d'Orgon ainsi que le caractère mélodramatique qu'il donne à la scène par ses propos suscitent le rire du spectateur, alors que la situation est grave puisqu'Orgon chasse alors son fils et le déshérite au profit de Tartuffe. D'ailleurs, la réplique de Tartuffe pour clore sa complainte est particulièrement comique : après s'être présenté comme une victime, il met fin à ses lamentations par un simple « Soit, n'en parlons plus. » Ce revirement de ton est particulièrement comique et montre clairement toute l'hypocrisie du personnage.

Toutefois, lorsque les personnages traitent d'idées religieuses, le vocabulaire se fait plus précis et les termes en relation avec l'Église, le Ciel et la dévotion prolifèrent (ciel, libertin, zèle, pécheur, jeûne, prière, etc.). Ceci s'observe clairement dans la conversation entre Cléante et Orgon à la scène V de l'acte I, lorsque le premier tente de faire voir au second l'hypocrisie de Tartuffe et la différence existant entre les faux dévots et les vrais. On note aussi l'apparition de nombre de ces termes renvoyant à la religion dans les propos tenus par Cléante et Tartuffe à la scène I de l'acte IV. Ce vocabulaire se retrouve également dans les répliques de Tartuffe tout au long de la pièce.

LE RETARD DE TARTUFFE

Il peut paraître étonnant au lecteur que Tartuffe, personnage autour de qui, avec Orgon, **se** construit toute la pièce, n'apparaisse qu'au troisième acte. Ce retard dans l'entrée du personnage est pourtant pleinement réfléchi. Il ne s'agit pas pour Molière d'une façon d'introduire du suspense dans son œuvre, puisqu'au contraire il nous fournit une description détaillée de Tartuffe avant même que ce dernier ne fasse son entrée en scène. Ainsi, lorsque le faux dévot nous apparaît pour la première fois, il est tel que nous l'imaginions sur base des commentaires des autres personnages.

À une moindre échelle, l'auteur utilise également ce procédé pour le personnage d'Orgon, dont toute la crédulité nous est dévoilée à la scène I de l'acte I avant qu'il ne fasse finalement son entrée à la scène IV du même acte.

Ainsi, avant même que le personnage principal n'entre, le spectateur a déjà une idée claire du caractère de celui-ci. Le dramaturge suscite ainsi une certaine attente envers le personnage décrit, attente qui est comblée voire surpassée quand ledit personnage fait son entrée. Par ce procédé, Molière permet également au spectateur de se positionner clairement par rapport au personnage : impossible de ne pas s'opposer aux plans machiavéliques de Tartuffe, de rester insensible face aux menaces qui pèsent sur l'amour de Mariane et Valère, de ne pas trembler face au piège qui se referme peu à peu sur Orgon et sa famille. Enfin, l'utilisation de ce procédé permet aussi de susciter un intérêt pour la pièce, de capter l'attention du spectateur.

Cette idée de la description d'un protagoniste avant même son apparition a été utilisée par Molière dans d'autres pièces. Dans *Les Précieuses ridicules*, c'est Mascarille qui est ainsi présenté par Cathos et Magdelon avant de faire son entrée. De même, Trissotin, le pédant dont se sont entichées Philaminte, Bélise et Armande dans *Les Femmes savantes*, n'apparaît qu'au cours du troisième acte après avoir été largement décrit. Ce procédé n'est pas le propre de Molière puisque Eschyle au Ve siècle av. J.-C. l'utilisait déjà dans son *Orestie*.

LA RÉCEPTION DU TARTUFFE

LA QUERELLE DU *TARTUFFE*

La première présentation du Tartuffe a lieu le 12 mai 1664. La pièce, qui est alors composée de trois actes, reçoit l'approbation du roi, de la reine et d'une grande partie du public qui tente de découvrir quelle personnalité a inspiré Molière dans la création de ce personnage. Mais elle ne plaît guère aux autorités religieuses – notamment la compagnie du Saint-Sacrement – qui, appuyées par la reine mère, la condamnent et font pression sur le roi pour qu'il en fasse de même. La pièce est alors officiellement interdite. Ceci se justifierait par le fait que la distinction entre les vrais et les faux dévots n'est pas claire. Il ne s'agit pourtant pas là de la première attaque à laquelle Molière ait dû faire face, car, un mois avant la première représentation de la pièce, la compagnie du Saint-Sacrement, ayant eu vent du projet présenté au roi, avait tenté d'empêcher ladite représentation.

Molière mettra tout en œuvre pour obtenir la levée de l'interdiction. Il fait ainsi lire sa pièce au cardinal Chigi (1631-1693), ambassadeur du pape Alexandre VII (1599-1667), qui l'approuve. De plus, il rédige un placet (c'est-à-dire une brève demande écrite) qu'il transmet au roi et dans lequel il se plaint notamment des propos tenus par le curé Roullé dans son pamphlet *Le Roi glorieux au monde*. Ce dernier y parle de Molière comme d'un « démon vêtu de chair » et « un des plus dangereux ennemis que le siècle ou Monde ait suscités à l'Église de Jésus-Christ ». Il estime que *Le Tartuffe* a été rédigé « à la dérision de toute l'Église et au mépris du caractère le plus sacré de la fonction divine » (« Le Roi glorieux au monde », in *Molière 21 – Université Paris 4-Sorbonne*).

Suite à cela, Louis XIV fait des remontrances au curé, mais la pièce reste interdite. Molière se résout alors à réviser son œuvre et la modifie. Une fois cette réécriture terminée, il la lit à plusieurs reprises et la joue même devant Monsieur. Des échos de la pièce arrivent jusqu'aux oreilles de Christine de Suède (reine de Suède, 1626-1689), alors à Rome, qui demande à ce qu'on lui transmette le texte de la pièce afin de la faire jouer dans son théâtre personnel. En 1666, la reine mère décède, ce qui déforce la cabale mise en place par les dévots à l'encontre de l'œuvre de Molière.

La reine de France, Marie-Thérèse d'Autriche (1638-1683), réclame alors une représentation de la pièce, qui est autorisée par le roi. Elle est jouée le 5 août 1667 et remporte un énorme succès. Mais deux jours plus tard, le premier président du Parlement, qui dispose du pouvoir royal en l'absence du monarque, alors occupé au siège de la ville de Lille dans le cadre de la guerre de Dévolution (1667-1668), interdit à nouveau *Le Tartuffe*. Ces événements poussent Molière à rédiger un second placet pour le roi. Ce dernier y répond de façon encourageante, mais, une fois de plus, n'autorise pas la pièce pour autant. Molière continue alors à donner des lectures de sa pièce notamment chez le prince de Condé (1621-1686), avant qu'elle ne soit condamnée par l'archevêque de Paris, qui menace d'excommunication toute personne qui assisterait à une lecture ou qui détiendrait le texte de la comédie.

Tout ceci change en 1669, alors que le roi connaît plusieurs victoires extérieures et ramène la paix à l'intérieur du pays. Louis XIV peut alors librement imposer sa volonté. La pièce est représentée le 5 février 1669 et reçoit à nouveau un très bon accueil du public. Rien que pour l'année 1669, la pièce est jouée 48 fois au Palais-Royal. Molière obtient également le privilège de la pièce pour dix ans : il est le seul à pouvoir l'imprimer pendant ces dix années.

Un *Tartuffe* moins virulent

Le Tartuffe a fait l'objet de plusieurs remaniements entre sa première présentation en 1664 et son autorisation définitive en 1669. Le premier de ces changements est le passage de trois à cinq actes. En effet, lors de la première représentation de 1664, l'œuvre de Molière n'était pas achevée et se terminait par le triomphe de Tartuffe. En 1667, alors qu'il donne une nouvelle représentation de sa pièce, celle-ci est rebaptisée *Panulphe ou l'Imposteur* et voit son personnage principal changer de nom. Dans cette version, l'hypocrite n'est plus un religieux, mais un laïc. De plus, il semble que ses propos à l'encontre des dévots soient moins sévères et que certains passages aient été supprimés. De même, entre la version de 1667 et celle de 1669, il existe quelques différences comme la suppression ou le rétrécissement de certaines scènes.

LA POSTÉRITÉ DE LA PIÈCE

Un succès variable

Suite au décès de Molière, *Le Tartuffe* est mis au rebut jusqu'en 1680, date de la fondation de la Comédie-Française. Cette année-là, la comédie est jouée à 128 reprises, ce qui en fait la pièce la plus représentée du répertoire de Molière jusqu'en 1711. Ceci s'explique sans doute par l'accent mis à cette époque sur l'hypocrisie.

Par la suite, et jusqu'à l'époque de la monarchie constitutionnelle, l'ensemble de l'œuvre de Molière tombe en désuétude, les principaux philosophes des Lumières la critiquant. Le duc d'Aumont (1709-1782) fait même interdire les pièces de Molière en 1746 afin de susciter la curiosité du public pour ces dernières. Mais l'entreprise échoue, le public préférant aux pièces de Molière celles de ses propres contemporains (Voltaire, 1694-1778, Gresset, 1709-1777, Destouches, 1680-1754, etc.).

Le Tartuffe revient sur le devant de la scène sous la monarchie constitutionnelle, car règne alors un important mouvement anticlérical, dont la pièce se fait le reflet idéal. Par la suite, sous Charles X (1757-1836), Louis-Philippe Ier (1773-1850) et Napoléon III (1808-1873), la comédie continue à connaître un immense succès. Ceci ne fait d'ailleurs que s'accentuer à partir de 1864, quand l'œuvre tombe dans le domaine public.

Toutefois, au cours de la Troisième République (1870-1940), la pièce voit son succès se restreindre avant de reprendre à la suite de la Seconde Guerre mondiale (1939-1945). Tout est alors mis en œuvre pour que les mises en scène de la pièce, plus originales, correspondent aux attentes du public actuel.

Un personnage constamment réactualisé

Aujourd'hui encore, *Le Tartuffe* est la pièce de la Comédie-Française la plus jouée depuis la création de cette dernière, ce qui confirme sa grande importance dans l'histoire du théâtre français. Cependant, la façon de l'interpréter n'a pas toujours été la même. Si au XVIIe siècle, Tartuffe est dépeint comme un homme confiant en lui, au XVIIIe, il est donné tantôt pour grotesque, tantôt pour distingué. À partir de 1800, le Tartuffe présenté au public est un homme aux intentions fondamentalement mauvaises qui utilise la religion pour parvenir à ses fins, tandis qu'au XXe siècle, on insiste surtout sur le caractère faussement humble du personnage.

Par ailleurs, le dénouement a été apprécié différemment au fil des siècles. Alors que certains, comme Boileau (1636-1711) et Voltaire, estiment qu'il est invraisemblable, d'autres, comme Brunetière (critique littéraire, 1849-1906), voient dans le final de la pièce une suite logique aux événements. La comédie n'a décidément pas terminé de faire parler d'elle…

BIBLIOGRAPHIE

SOURCES BIBLIOGRAPHIQUES

- ABRAMOVICI (Jean-Claude), ARON (Th.), AUSSIBAL (J.) et BOUVIER-AJAM (M.), *Manuel d'Histoire littéraire de la France*, tome II, 1600-1715, Paris, Messidor/Éditions sociales, 1966.
- BAUMAL (Francis), *Tartuffe et ses avatars : de Montufar à Don Juan, histoire des relations de Molière avec la Cabale des dévots*, Paris, Nourry, 1925.
- BELY (Lucien), *Louis XIV, le plus grand roi du monde*, Paris, Éditions Jean-Paul Gisserot, 2005.
- BOURQUI (Claude), *Les sources de Molière. Répertoire critique des sources littéraires et dramatiques*, Paris, SEDES, 1999.
- CAPUT (J.-P.), « Notice biographique, historique et littéraire. Lexique, notes explicatives, jugements, questionnaire et sujets de devoirs », in MOLIÈRE, *Le Tartuffe*, Paris, Larousse, 1965.
- CAVAILLÉ (Jean-Pierre), « Masculinité et libertinage dans la figure et les écrits de Christine de Suède », in *Les Dossiers du Grihl*, janvier 2010, mis en ligne le 4 mars 2013, consulté le 1er août 2016. http://dossiers-grihl.revues.org/3965
- COLLINET (Jean-Pierre), *Lectures de Molière*, Paris, Armand Colin, 1974.
- DOMIJAN (Perica), « Le Tartuffe de Molière. L'emploi de la comédie est de corriger les vices des hommes », in *Journal of Arts and Humanities*, 2013, vol. 2, n° 6, p. 123-133.

- DUCHÊNE (Roger), *Être femme au temps de Louis XIV*, Paris, Perrin, 2004.
- DUCHÊNE (Roger), *Molière*, Paris, Fayard, 2006.
- FERNANDEZ (Ramon), *Molière ou l'essence du génie comique*, Paris, Grasset & Fasquelle, 1979.
- FERREYROLLES (Gérard), *Molière. Tartuffe*, Paris, Presses universitaires de France, 1987.
- « Fronde », in *Universalis.fr*, consulté le 8 août 2016. http://www.universalis.fr/encyclopedie/fronde/
- GAQUERE (François), *Le théâtre devant la conscience chrétienne. De saint Jean Chrysostome à Pie XII et Vatican II*, Paris, Éditions Beauchesne, 1965.
- GRENTE (Georges), PAUPHILET (Albert), PICHARD (Louis) et BARROUX (Robert), *Dictionnaire des Lettres françaises. Le dix-septième siècle*, Paris, Fayard, 1954.
- GUICHARNAUD (Jacques), *Molière, une aventure théâtrale. Tartuffe, Dom Juan, Le Misanthrope*, Paris, Gallimard, 1963.
- GUILLOT (Catherine), « Richelieu et le théâtre », in *Transversalités I*, n° 117, p. 85-102.
- HUFTON (Olwen), « Le travail et la famille », in DUBY (Georges) et PERROT (Michelle), *Histoire des femmes en Occident. XVIe-XVIIIe siècles*, volume III, Paris, Plon, 1991-1992.
- JASINSKI (René), *Molière. Connaissance des lettres*, Paris, Hatier, 1969.
- KYLANDER (Britt-Marie), *Le vocabulaire de Molière dans les comédies en alexandrins*, Göteborg, Acta Universitatis Gothoburgensis, 1995.
- « La Fronde », in *Larousse.fr*, consulté le 8 août 2016. http://www.larousse.fr/encyclopedie/divers/

la_Fronde/120453

- « Le Roi glorieux au monde », in *Molière 21 – Université Paris 4-Sorbonne*, consulté le 5 mai 2017. http://moliere.paris-sorbonne.fr/base.php?Le_Roi_glorieux_au_monde
- LOUKOVITCH (Koster), *L'évolution de la tragédie religieuse classique en France*, Genève, Slatkine, 1977.
- MALLET (Francine), *Molière*, Paris, Bernard Grasset, 1990.
- MCKENNA (Anthony), *Molière. Dramaturge libertin*, Paris, Honoré Champion, 2005.
- MICHAUT (Gustave), *Les luttes de Molière. Le Mariage forcé, La Princesse d'Élide, Tartuffe, Dom Juan, L'Amour médecin, Le Misanthrope*, Paris, Hachette, 1925.
- MICHAUT (Gustave), *La jeunesse de Molière*, Genève, Slatkine Reprints, 1968.
- PINEAU (Joseph), *Le théâtre de Molière : une dynamique de la liberté*, Paris, Lettres modernes Minard, 2000.
- PROST (Brigitte), *Le Tartuffe*, Paris, Bréal, 2000.
- REYNIER (Gustave), *La femme au XVIIe siècle : ses ennemis et ses défenseurs*, Paris, J. Tallandier, 1929.
- RULLER-THEURET (Françoise), *Le Tartuffe ou l'Imposteur*, Paris, Larousse, 2011.
- SCHERER (Jacques), *Structure de Tartuffe*, Paris, Société d'édition d'enseignement supérieur, 1966.
- STEINBERG (Sylvie), « Puissance paternelle et contraintes au mariage », in DERMEJIAN (Geneviève), JAMI (Irène), ROUQUIER (Annie) et THÉBAUD (Françoise), *La place des femmes dans l'histoire. Une histoire mixte*, Paris, Belin, 2010.
- « The Fronde », in *Britannica.com*, consulté le 8 août 2016. https://www.britannica.com/event/The-Fronde

- *Tout Molière.net*, consulté le 29 juillet 2016. http://www.toutmoliere.net/
- Truchet (Jacques), *Thématiques de Molière. Six études suivies d'un inventaire des thèmes de son théâtre*, Paris, Société d'édition d'enseignement supérieur, 1985.

ADAPTATIONS

- *Her Tartuff*, film muet de Friedrich W. Murmau, avec Emil Jannings, Lil Dagover et Werner Krauss, Allemagne, 1925.
- *Tartuffe ou l'Imposteur*, film de Jean Pignol, avec Michel Galabru, Germaine Delbat et Pierrre Gallon, France, 1980.
- *Tartuffe*, opéra de Kirke Mechem, avec John Del Carlo, Thomas HAmmons et Susan Quittmeyer, États-Unis, 1980.
- *Le Tartuffe*, film de Gérard Depardieu, avec Gérard Depardieu, François Périer et Elisabeth Depardieu, France, 1984.

SOURCES ICONOGRAPHIQUES

- Portrait de Molière. La photo reproduite est réputée libre de droits.
- *Louis XIV et Molière*, tableau de Jean-Léon Gérôme, 1862. La photo reproduite est réputée libre de droits.
- Orgon, dissimulé sous la table, assiste à la discussion entre Tartuffe et sa femme. La photo reproduite est réputée libre de droits.
- Portrait de Tartuffe. La photo reproduite est réputée

libre de droits.

www.profil-litteraire.fr

Éditeur responsable : Lemaitre Publishing
Avenue de la Couronne 382 | BE-1050 Bruxelles
info@lemaitre-editions.com

ISBN ebook : 978-2-8062-7542-4
ISBN papier : 978-2-8062-7543-1
Dépôt légal : D/2017/12603/310
Couverture : © Lisiane Detaille.

Conception numérique : Primento,
le partenaire numérique des éditeurs.